Giuseppe Parini

Le odi

Texte et illustration de couverture : © domaine public
Edition : Culturea (Hérault, 34)
Contact : infos@culturea.fr
Retrouvez notre catalogue sur http://culturea.fr
Imprimé en Allemagne par Books on Demand
Design typographique : Derek Murphy
Layout : Reedsy (https://reedsy.com/)

Dépôt légal : janvier 2023

ISBN : 9791041842476

L'INNESTO DEL VAIUOLO
AL DOTTORE
GIAMMARIA BICETTI DE' BUTTINONI

O Genovese ove ne vai? qual raggio
Brilla di speme su le audaci antenne?
Non temi oimè le penne
Non anco esperte degli ignoti venti?
Qual ti affida coraggio   5
All'intentato piano
De lo immenso oceano?
Senti le beffe dell'Europa, senti
Come deride i tuoi sperati eventi.

    Ma tu il vulgo dispregia. Erra chi dice,   10
Che natura ponesse all'uom confine
Di vaste acque marine,
Se gli diè mente onde lor freno imporre:
E dall'alta pendice
Insegnolli a guidare   15
I gran tronchi sul mare,
E in poderoso canape raccorre
I venti, onde su l'acque ardito scorre.

    Così l'eroe nocchier pensa, ed abbatte
I paventati d'Ercole pilastri;   20
Saluta novelli astri;
E di nuove tempeste ode il ruggito.
Veggon le stupefatte
Genti dell'orbe ascoso
Lo stranier portentoso.   25
Ei riede; e mostra i suoi tesori ardito
All'Europa, che il beffa ancor sul lito.

    Più dell'oro, BICETTI, all'Uomo è cara
Questa del viver suo lunga speranza:
Più dell'oro possanza   30
Sopra gli animi umani ha la bellezza.
E pur la turba ignara
Or condanna il cimento,
Or resiste all'evento
Di chi 'l doppio tesor le reca; e sprezza   35
I novi mondi al prisco mondo avvezza.

Come biada orgogliosa in campo estivo,
Cresce di santi abbracciamenti il frutto.
Ringiovanisce tutto
Nell'aspetto de' figli il caro padre;   40
E dentro al cor giulivo
Contemplando la speme
De le sue ore estreme,
Già cultori apparecchia artieri e squadre
A la patria d'eroi famosa madre.   45

    Crescete o pargoletti: un dì sarete
Tu forte appoggio de le patrie mura,
E tu soave cura,
E lusinghevol' esca ai casti cori.
Ma, oh dio, qual falce miete   50
De la ridente messe
Le sì dolci promesse?
O quai d'atroce grandine furori
Ne sfregiano il bel verde e i primi fiori?

    Fra le tenere membra orribil siede   55
Tacito seme: e d'improvviso il desta
Una furia funesta
De la stirpe degli uomini flagello.
Urta al di dentro, e fiede
Con lièvito mortale;   60
E la macchina frale
O al tutto abbatte, o le rapisce il bello,
Quasi a statua d'eroe rival scarpello.

    Tutti la furia indomita vorace
Tutti una volta assale ai più verd'anni: 65
E le strida e gli affanni
Dai tugurj conduce a' regj tetti;
E con la man rapace
Ne le tombe condensa
Prole d'uomini immensa.   70
Sfugge taluno è vero ai guardi infetti;
Ma palpitando peggior fato aspetti.

    Oh miseri! che val di medic' arte
Nè studj oprar nè farmachi nè mani?

Tutti i sudor son vani 75
Quando il morbo nemico è su la porta;
E vigor gli comparte
De la sorpresa salma
La non perfetta calma.
Oh debil' arte, oh mal secura scorta, 80
Che il male attendi, e no 'l previeni accorta!

Già non l'attende in orïente il folto
Popol che noi chiamiam barbaro e rude;
Ma sagace delude
Il fiero inevitabile demòne. 85
Poichè il buon punto ha colto
Onde il mostro conquida,
Coraggioso lo sfida;
E lo astrigne ad usar ne la tenzone
L'armi, che ottuse tra le man gli pone. 90

Del regnante velen spontaneo elegge
Quel ch'è men tristo; e macolar ne suole
La ben amata prole,
Che non più recidiva in salvo torna.
Però d'umano gregge 95
Va Pechino coperto;
E di femmineo merto
Tesoreggia il Circasso, e i chiostri adorna
Ove la Dea di Cipri orba soggiorna.

O *Montegù*, qual peregrina nave, 100
Barbare terre misurando e mari,
E di popoli varj
Diseppellendo antiqui regni e vasti,
E a noi tornando grave
Di strana gemma e d'auro, 105
Portò sì gran tesauro,
Che a pareggiare non che a vincer basti
Quel, che tu dall'Eussino a noi recasti?

Rise l'Anglia la Francia Italia rise
Al rammentar del favoloso *Innesto*: 110
E il giudizio molesto
De la falsa ragione incontro alzosse.
In van l'effetto arrise

A le imprese tentate;
Chè la falsa pietate   115
Contro al suo bene e contro al ver si mosse,
E di lamento femminile armosse.

Ben fur preste a raccor gl'infausti doni
Che, attraversando l'oceàno aprico,
Lor condusse Americo;   120
E ad ambe man li trangugiaron pronte.
De' lacerati troni
Gli avanzi sanguinosi,
E i frutti velenosi
Strinser gioiendo; e da lo stesso fonte   125
De la vita succhiar spasimi ed onte.

Tal del folle mortal tale è la sorte:
Contra ragione or di natura abusa;
Or di ragion mal usa
Contra natura che i suoi don gli porge.   130
Questa a schifar la morte
Insegnò madre amante
A un popolo ignorante;
E il popol colto, che tropp'alto scorge,
Contro ai consigli di tal madre insorge.   135

Sempre il novo, ch'è grande, appar menzogna,
Mio BICETTI, al volgar debile ingegno:
Ma imperturbato il regno
De' saggi dietro all'utile s'ostina.
Minaccia nè vergogna   140
No 'l frena, no 'l rimove;
Prove accumula a prove;
Del popolare error l'idol rovina,
E la salute ai posteri destina.

Così l'Anglia la Francia Italia vide   145
Drappel di saggi contro al vulgo armarse.
Lor zelo indomit' arse,
E di popolo in popolo s'accese.
Contro all'armi omicide
Non più debole e nudo;   150
Ma sotto a certo scudo
Il tenero garzon cauto discese,

E il fato inesorabile sorprese.

    Tu sull'orme di quelli ardito corri
Tu pur, BICETTI; e di combatter tenta   155
La pietà violenta
Che a le Insubriche madri il core implica.
L'umanità soccorri;
Spregia l'ingiusto soglio
Ove s'arman d'orgoglio   160
La superstizïon del ver nemica,
E l'ostinata folle scola antica.

    Quanta parte maggior d'almi nipoti
Coltiverà nostri felici campi!
E quanta fia che avvampi   165
D'industria in pace o di coraggio in guerra!
Quanta i soavi moti
Propagherà d'amore,
E desterà il languore
Del pigro Imene, che infecondo or erra   170
Contro all'util comun di terra in terra!

    Le giovinette con le man di rosa
Idalio mirto coglieranno un giorno:
All'alta quercia intorno
I giovinetti fronde coglieranno;   175
E a la tua chioma annosa,
Cui per doppio decoro
Già circonda l'alloro,
Intrecceran ghirlande, e canteranno:
Questi a morte ne tolse o a lungo danno.   180

    Tale il nobile plettro infra le dita
Mi profeteggia armonïoso e dolce,
Nobil plettro che molce
Il duro sasso dell'umana mente;
E da lunge lo invita   185
Con lusinghevol suono
Verso il ver, verso il buono;
Nè mai con laude bestemmiò nocente
O il falso in trono o la viltà potente.

LA SALUBRITÀ DELL'ARIA

Oh beato terreno
Del vago EUPILI mio,
Ecco al fin nel tuo seno
M'accogli; e del natìo
Aere mi circondi;   5
E il petto avido inondi.

    Già nel polmon capace
Urta sè stesso e scende
Quest'etere vivace,
Che gli egri spirti accende,   10
E le forze rintegra,
E l'animo rallegra.

    Però ch'austro scortese
Quì suoi vapor non mena:
E guarda il bel paese   15
Alta di monti schiena,
Cui sormontar non vale
Borea con rigid' ale.

    Nè quì giaccion paludi,
Che dall'impuro letto   20
Mandino a i capi ignudi
Nuvol di morbi infetto:
E il meriggio a' bei colli
Asciuga i dorsi molli.

    Pera colui che primo   25
A le triste ozïose
Acque e al fetido limo
La mia cittade espose;
E per lucro ebbe a vile
La salute civile.   30

    Certo colui del fiume
Di Stige ora s'impaccia
Tra l'orribil bitume,
Onde alzando la faccia
Bestemmia il fango e l'acque,   35
Che radunar gli piacque.

Mira dipinti in viso
Di mortali pallori
Entro al mal nato riso
I languenti cultori;   40
E trema o cittadino,
Che a te il soffri vicino.

Io de' miei colli ameni
Nel bel clima innocente
Passerò i dì sereni   45
Tra la beata gente,
Che di fatiche onusta
È vegeta e robusta.

Quì con la mente sgombra,
Di pure linfe asterso,   50
Sotto ad una fresc' ombra
Celebrerò col verso
I villan vispi e sciolti
Sparsi per li ricolti;

E i membri non mai stanchi   55
Dietro al crescente pane;
E i baldanzosi fianchi
De le ardite villane;
E il bel volto giocondo
Fra il bruno e il rubicondo,   60

Dicendo: Oh fortunate
Genti, che in dolci tempre
Quest'aura respirate
Rotta e purgata sempre
Da venti fuggitivi   65
E da limpidi rivi.

Ben larga ancor natura
Fu a la città superba
Di cielo e d'aria pura:
Ma chi i bei doni or serba   70
Fra il lusso e l'avarizia
E la stolta pigrizia?

Ahi non bastò che intorno
Putridi stagni avesse;
Anzi a turbarne il giorno   75
Sotto a le mura stesse
Trasse gli scelerati
Rivi a marcir su i prati

E la comun salute
Sagrificossi al pasto   80
D'ambizïose mute,
Che poi con crudo fasto
Calchin per l'ampie strade
Il popolo che cade.

A voi il timo e il croco   85
E la menta selvaggia
L'aere per ogni loco
De' varj atomi irraggia,
Che con soavi e cari
Sensi pungon le nari.   90

Ma al piè de' gran palagi
Là il fimo alto fermenta;
E di sali malvagi
Ammorba l'aria lenta,
Che a stagnar si rimase   95
Tra le sublimi case.

Quivi i lari plebei
Da le spregiate crete
D'umor fracidi e rei
Versan fonti indiscrete;   100
Onde il vapor s'aggira;
E col fiato s'inspira.

Spenti animai, ridotti
Per le frequenti vie,
De gli aliti corrotti   105
Empion l'estivo die:
Spettacolo deforme
Del cittadin su l'orme!

Nè a pena cadde il sole

Che vaganti latrine   110
Con spalancate gole
Lustran ogni confine
De la città, che desta
Beve l'aura molesta.

    Gridan le leggi è vero;   115
E Temi bieco guata:
Ma sol di sè pensiero
Ha l'inerzia privata.
Stolto! E mirar non vuoi
Ne' comun danni i tuoi?   120

    Ma dove ahi corro e vago
Lontano da le belle
Colline e dal bel lago
E dalle villanelle,
A cui sì vivo e schietto   125
Aere ondeggiar fa il petto?

    Va per negletta via
Ognor l'util cercando
La calda fantasìa,
Che sol felice è quando   130
L'utile unir può al vanto
Di lusinghevol canto.

LA VITA RUSTICA

Perchè turbarmi l'anima,
O d'oro e d'onor brame,
Se del mio viver Atropo
Presso è a troncar lo stame?
E già per me si piega   5
Sul remo il nocchier brun
Colà donde si niega
Che più ritorni alcun?

    Queste che ancor ne avanzano
Ore fugaci e meste,   10
Belle ci renda e amabili
La libertade agreste.

Quì Cerere ne manda
Le biade, e Bacco il vin:
Quì di fior s'inghirlanda   15
Bella innocenza il crin.

So che felice stimasi
Il possessor d'un'arca,
Che Pluto abbia propizio
Di gran tesoro carca: 20
Ma so ancor che al potente
Palpita oppresso il cor
Sotto la man sovente
Del gelato timor.

Me non nato a percotere   25
Le dure illustri porte
Nudo accorrà, ma libero
Il regno de la morte.
No, ricchezza nè onore
Con frode o con viltà   30
Il secol venditore
Mercar non mi vedrà.

Colli beati e placidi,
Che il vago *Èupili* mio
Cingete con dolcissimo   35
Insensibil pendìo,
Dal bel rapirmi sento,
Che natura vi diè;
Ed esule contento
A voi rivolgo il piè.   40

Già la quiete, a gli uomini
Sì sconosciuta, in seno
De le vostr'ombre apprestami
Caro albergo sereno:
E le cure e gli affanni   45
Quindi lunge volar
Scorgo, e gire i tiranni
Superbi ad agitar.

In van con cerchio orribile,
Quasi campo di biade,   50

I lor palagi attorniano
Temute lance e spade;
Però ch'entro al lor petto
Penetra nondimen
Il trepido sospetto   55
Armato di velen.

Qual porteranno invidia
A me, che di fior cinto
Tra la famiglia rustica
A nessun giogo avvinto,   60
Come solea in Anfriso
Febo pastor, vivrò;
E sempre con un viso
La cetra sonerò!

Non fila d'oro nobili   65
D'illustre fabbro cura
Io scoterò, ma semplici
E care a la natura.
Quelle abbia il vate esperto
Nell'adulazïon   70
Chè la virtude e il merto
Daran legge al mio suon.

Inni dal petto supplice
Alzerò spesso a i cieli,
Sì che lontan si volgano   75
I turbini crudeli;
E da noi lunge avvampi
L'aspro sdegno guerrier;
Nè ci calpesti i campi
L'inimico destrier.   80

E, perchè a i numi il fulmine
Di man più facil cada,
Pingerò lor la misera
Sassonica contrada,
Che vide arse sue spiche   85
In un momento sol;
E gir mille fatiche
Col tetro fumo a vol.

E te villan sollecito,
Che per nov'orme il tralcio   90
Saprai guidar frenandolo
Col pieghevole salcio:
E te, che steril parte
Del tuo terren, di più
Render farai, con arte   95
Che ignota al padre fu:

Te co' miei carmi a i posteri
Farò passar felice:
Di te parlar più secoli
S'udirà la pendice.   100
E sotto l'alte piante
Vedransi a riverir
Le quete ossa compiante
I posteri venir.

Tale a me pur concedasi   105
Chiuder campi beati
Nel vostro almo ricovero
I giorni fortunati.
Ah quella è vera fama
D'uom che lasciar può quì   110
Lunga ancor di sè brama
Dopo l'ultimo dì!

IL BISOGNO
AL SIG. WIRTZ
PRETORE PER LA REPUBBLICA ELVETICA

Oh tiranno Signore
De' miseri mortali,
Oh male oh persuasore
Orribile di mali
Bisogno, e che non spezza   5
Tua indomita fierezza!

   Di valli adamantini
Cinge i cor la virtude;
Ma tu gli urti e rovini;
E tutto a te si schiude.   10
Entri, e i nobili affetti
O strozzi od assoggetti.

   Oltre corri, e fremente
Strappi Ragion dal soglio;
E il regno de la mente   15
Occupi pien d'orgoglio,
E ti poni a sedere
Tiranno del pensiere.

   Con le folgori in mano
La legge alto minaccia;   20
Ma il periglio lontano
Non scolora la faccia
Di chi senza soccorso
Ha il tuo peso sul dorso.

   Al misero mortale   25
Ogni lume s'ammorza:
Ver la scesa del male
Tu lo strascini a forza:
Ei di sè stesso in bando
Va giù precipitando.   30

   Ahi l'infelice allora
I común patti rompe;
Ogni confine ignora;
Ne' beni altrui prorompe;

Mangia i rapiti pani   35
Con sanguinose mani.

　Ma quali odo lamenti
E stridor di catene;
E ingegnosi strumenti
Veggo d'atroci pene   40
Là per quegli antri oscuri
Cinti d'orridi muri?

　Colà Temide armata
Tien giudizj funesti
Su la turba affannata,   45
Che tu persuadesti
A romper gli altrui dritti
O padre di delitti.

　Meco vieni al cospetto
Del nume che vi siede.   50
No non avrà dispetto
Che tu v'innoltri il piede.
Da lui con lieto volto
Anco il Bisogno è accolto.

　O ministri di Temi   55
Le spade sospendete:
Da i pulpiti supremi
Quà l'orecchio volgete.
Chi è che pietà niega
Al Bisogno che prega?   60

　Perdon, dic'ei, perdono
Ai miseri cruciati.
Io son l'autore io sono
De' lor primi peccati.
Sia contro a me diretta   65
La pubblica vendetta.

　Ma quale a tai parole
Giudice si commove?
Qual dell'umana prole
A pietade si move?   70
Tu WIRTZ uom saggio e giusto

Ne dai l'esempio augusto:

    Tu cui sì spesso vinse
Dolor de gl'infelici,
Che il Bisogno sospinse   75
A por le rapitrici
Mani nell'altrui parte
O per forza o per arte:

    E il carcere temuto
Lor lieto spalancasti: 80
E dando oro ed aiuto,
Generoso insegnasti
Come senza le pene
Il fallo si previene.

IL BRINDISI

Volano i giorni rapidi
Del caro viver mio:
E giunta in sul pendìo
Precipita l'età.

    Le belle oimè che al fingere   5
Han lingua così presta
Sol mi ripeton questa
Ingrata verità.

    Con quelle occhiate mutole
Con quel contegno avaro   10
Mi dicono assai chiaro:
Noi non siam più per te.

    E fuggono e folleggiano
Tra gioventù vivace;
E rendonvi loquace   15
L'occhio la mano e il piè.

    Che far? Degg'io di lagrime
Bagnar per questo il ciglio?
Ah no; miglior consiglio
È di godere ancor.   20

Se già di mirti teneri
Colsi mia parte in Gnido,
Lasciamo che a quel lido
Vada con altri Amor.

Volgan le spalle candide   25
Volgano a me le belle:
Ogni piacer con elle
Non se ne parte alfin.

A Bacco, all'Amicizia
Sacro i venturi giorni.   30
Cadano i mirti; e s'orni
D'ellera il misto crin.

Che fai su questa cetera,
Corda, che amor sonasti?
Male al tenor contrasti   35
Del novo mio piacer.

Or di cantar dilettami
Tra' miei giocondi amici,
Augurj a lor felici
Versando dal bicchier.   40

Fugge la instabil Venere
Con la stagion de' fiori:
Ma tu Lièo ristori
Quando il dicembre uscì.

Amor con l'età fervida   45
Convien che si dilegue;
Ma l'amistà ne segue
Fino a l'estremo dì.

Le belle, ch'or s'involano
Schife da noi lontano,   50
Verranci allor pian piano
Lor brindisi ad offrir.

E noi compagni amabili
Che far con esse allora?

Seco un bicchiere ancora   55
Bevere, e poi morir.

LA IMPOSTURA

Venerabile *Impostura*
Io nel tempio almo a te sacro
Vo tentón per l'aria oscura;
E al tuo santo simulacro,
Cui gran folla urta di gente,   5
Già mi prostro umilemente.

   Tu de gli uomini maestra
Sola sei. Qualor tu detti
Ne la comoda palestra
I dolcissimi precetti,   10
Tu il discorso volgi amico
Al monarca ed al mendico.

   L'un per via piagato reggi;
E fai sì che in gridi strani
Sua miseria giganteggi;   15
Onde poi non culti pani
A lui frutti la semenza
De la flebile eloquenza.

   Tu dell'altro a lato al trono
Con la Iperbole ti posi: 20
E fra i turbini e fra il tuono
De' gran titoli fastosi
Le vergogne a lui celate
De la nuda umanitate.

   Già con Numa in sul Tarpèo   25
Desti al Tebro i riti santi,
Onde l'augure potèo
Co' suoi voli e co' suoi canti
Soggiogar le altere menti
Domatrici de le genti.   30

   Del Macedone a te piacque
Fare un dio, dinanzi a cui

19

Paventando l'orbe tacque:
E nell'Asia i doni tui
Fur che l'Arabo profeta   35
Sollevàro a sì gran meta.

    Ave dea. Tu come il sole
Giri e scaldi l'universo.
Te suo nume onora e cole
Oggi il popolo diverso: 40
E fortuna a te devota
Diede a volger la sua rota.

    I suoi dritti il merto cede
A la tua divinitade,
E virtù la sua mercede.   45
Or, se tanta potestade
Hai qua giù, col tuo favore
Che non fai pur me impostore?

    Mente pronta e ognor ferace
D'opportune utili fole   50
Have il tuo degno seguace:
Ha pieghevoli parole;
Ma tenace, e quasi monte
Incrollabile la fronte.

    Sopra tutto ei non oblìa   55
Che sì fermo il tuo colosso
Nel gran tempio non starìa,
Se qual base ognor col dosso
Non reggessegli il costante
Verosimile le piante.   60

    Con quest'arte Cluvïeno,
Che al bel sesso ora è il più caro
Fra i seguaci di Galeno,
Si fa ricco e si fa chiaro;
Ed amar fa, tanto ei vale,   65
A le belle egre il lor male.

    Ma Cluvien dal mio destino
D'imitar non m'è concesso.
Dell'ipocrita Crispino

Vo' seguir l'orme da presso.   70
Tu mi guida o Dea cortese
Per lo incognito paese.

Di tua man tu il collo alquanto
Sul manc' omero mi premi:
Tu una stilla ognor di pianto   75
Da mie luci aride spremi:
E mi faccia casto ombrello
Sopra il viso ampio cappello.

Qual fia allor sì intatto giglio
Ch'io non macchj, e ch'io non sfrondi,   80
Dalle forche e dall'esiglio
Sempre salvo? A me fecondi
Di quant'oro fien gli strilli
De' clienti e de' pupilli!

Ma qual arde amabil lume?   85
Ah, ti veggio ancor lontano
Verità mio solo nume,
Che m'accenni con la mano;
E m'inviti al latte schietto,
Ch'ognor bevvi al tuo bel petto.   90

Deh perdona. Errai seguendo
Troppo il fervido pensiere.
I tuoi rai del mostro orrendo
Scopron or le zanne fiere.
Tu per sempre a lui mi togli;   95
E me nudo nuda accogli.

IL PIACERE E LA VIRTÙ

Vada in bando ogni tormento:
Ecco riede il secol d'oro.
A scherzar tornan fra loro
Innocenza e libertà.

Sol fra noi regni il contento;   5
Coroniamo il crin di rose:
Su si colgan rugiadose

Da la man dell'onestà.

La virtù non move guerra
A i diletti onesti e belli.
Colà in ciel nacquer gemelli
Il piacere e la virtù.

E gli dei portàro in terra
Un tesor così giocondo;
E così beàr del mondo
La primiera gioventù.

Folle stirpe de' mortali,
Che sè stessa ognor delude!
Il piacer da la virtude
Insolente dipartì.

L'atra allor di tutti i mali
Si destò nova procella:
E la coppia amica e bella
Solo in ciel si riunì.

Ma tornàro i dì beati.
Or veggiam congiunti ancora
Con un nodo, che innamora
La virtude ed il piacer.

Sposi eccelsi a voi siam grati,
Che il bel dono a noi rendete:
Siete voi che l'uomo ergete
A lo stato suo primier.

Ah perchè velar l'aspetto
Sotto strane e varie forme?
Al fulgor de le vostr'orme
Si conosce il divin piè.

La Virtude et il Diletto,
FERDINANDO e BEATRICE!
Oh spettacolo felice,
Che rapisci ogn'alma a te!

Sol fra noi regni il contento:

Coroniamo il crin di rose:
Su si colgan rugiadose
Da la man dell'onestà.

Vada in bando ogni tormento.   45
Ecco riede il secol d'oro:
A scherzar tornan fra loro
Innocenza e libertà.

LA PRIMAVERA

La vaga Primavera
Ecco che a noi sen viene;
E sparge le serene
Aure di molli odori.

L'erbe novelle e i fiori   5
Ornano il colle e il prato.
Torna a veder l'amato
Nido la rondinella.

E torna la sorella
Di lei a i pianti gravi: 10
E tornano a i soavi
Baci le tortorelle.

Escon le pecorelle
Del lor soggiorno odioso;
E cercan l'odoroso   15
Timo di balza in balza.

La pastorella scalza
Ne vien con esse a paro;
Ne vien cantando il caro
Nome del suo pastore.   20

Ed ei, seguendo Amore,
Volge ove il canto sente;
E coglie la innocente
Ninfa sul fresco rio.

Oggi del suo desio   25

Amore infiamma il mondo:
Amore il suo giocondo
Senso a le cose inspira.

Sola il dolor non mira
Clori del suo fedele: 30
E sol quella crudele
Anima non sospira.

LA EDUCAZIONE

Torna a fiorir la rosa
Che pur dianzi languìa;
E molle si riposa
Sopra i gigli di pria.
Brillano le pupille   5
Di vivaci scintille.

La guancia risorgente
Tondeggia sul bel viso:
E quasi lampo ardente
Va saltellando il riso   10
Tra i muscoli del labro
Ove riede il cinabro.

I crin, che in rete accolti
Lunga stagione ahi foro,
Su l'omero disciolti   15
Qual ruscelletto d'oro
Forma attendon novella
D'artificiose anella.

Vigor novo conforta
L'irrequieto piede: 20
Natura ecco ecco il porta
Sì che al vento non cede
Fra gli utili trastulli
De' vezzosi fanciulli.

O mio tenero verso   25
Di chi parlando vai,
Che studj esser più terso

E polito che mai?
Parli del giovinetto
Mia cura e mio diletto?　　　　　　　　　　　　　30

　　Pur or cessò l'affanno
Del morbo ond'ei fu grave:
Oggi l'undecim' anno
Gli porta il sol, soave
Scaldando con sua teda　　　　　　　　　　　　35
I figliuoli di Leda.

　　Simili or dunque a dolce
Mele di favi Iblèi,
Che lento i petti molce,
Scendete o versi miei　　　　　　　　　　　　40
Sopra l'ali sonore
Del giovinetto al core.

　　O pianta di bon seme
Al suolo al cielo amica,
Che a coronar la speme　　　　　　　　　　　　45
Cresci di mia fatica,
Salve in sì fausto giorno
Di pura luce adorno.

　　Vorrei di genïali
Doni gran pregio offrirti;　　　　　　　　　　　50
Ma chi diè liberali
Essere ai sacri spirti?
Fuor che la cetra, a loro
Non venne altro tesoro.

　　Deh perchè non somiglio　　　　　　　　　　55
Al Tèssalo maestro,
Che di Tetide il figlio
Guidò sul cammin destro!
Ben io ti farei doni
Più che d'oro e canzoni.　　　　　　　　　　　60

　　Già con medica mano
Quel Centauro ingegnoso
Rendea feroce e sano
Il suo alunno famoso.

Ma non men che a la salma   65
Porgea vigore all'alma.

 A lui, che gli sedea
Sopra la irsuta schiena,
Chiron si rivolgea
Con la fronte serena,   70
Tentando in su la lira
Suon che virtude inspira.

 Scorrea con giovanile
Man pel selvoso mento
Del precettar gentile;   75
E con l'orecchio intento,
D'Eacide la prole
Bevea queste parole:

 Garzon, nato al soccorso
Di Grecia, or ti rimembra   80
Perchè a la lotta e al corso
Io t'educai le membra.
Che non può un'alma ardita
Se in forti membri ha vita?

 Ben sul robusto fianco   85
Stai; ben stendi dell'arco
Il nervo al lato manco,
Onde al segno ch'io marco
Va stridendo lo strale
Da la cocca fatale.   90

 Ma in van, se il resto oblìo,
Ti avrò possanza infuso.
Non sai qual contro a dio
Fe' di sue forze abuso
Con temeraria fronte   95
Chi monte impose a monte?

 Di Teti odi o figliuolo
Il ver che a te si scopre.
Dall'alma origin solo
Han le lodevol' opre.   100
Mal giova illustre sangue

Ad animo che langue.

D'Èaco e di Pelèo
Col seme in te non scese
Il valor che Tesèo   105
Chiari e Tirintio rese:
Sol da noi si guadagna,
E con noi s'accompagna.

Gran prole era di Giove
Il magnanimo Alcide;   110
Ma quante egli fa prove,
E quanti mostri ancide,
Onde s'innalzi poi
Al seggio de gli eroi?

Altri le altere cune   115
Lascia o Garzon che pregi.
Le superbe fortune
Del vile anco son fregi.
Chi de la gloria è vago
Sol di virtù sia pago.   120

Onora o figlio il Nume
Che dall'alto ti guarda:
Ma solo a lui non fume
Incenso e vittim'arda.
È d'uopo Achille alzare   125
Nell'alma il primo altare.

Giustizia entro al tuo seno
Sieda e sul labbro il vero;
E le tue mani sieno
Qual albero straniero,   130
Onde soavi unguenti
Stillin sopra le genti.

Perchè sì pronti affetti
Nel core il ciel ti pose?
Questi a Ragion commetti;   135
E tu vedrai gran cose:
Quindi l'alta rettrice
Somma virtude elice.

Sì bei doni del cielo
No, non celar Garzone   140
Con ipocrito velo,
Che a la virtù si oppone.
Il marchio ond'è il cor scolto
Lascia apparir nel volto.

Da la lor meta han lode   145
Figlio gli affetti umani.
Tu per la Grecia prode
Insanguina le mani:
Qua volgi qua l'ardire
De le magnanim' ire.   150

Ma quel più dolce senso,
Onde ad amar ti pieghi,
Tra lo stuol d'armi denso
Venga, e pietà non nieghi
Al debole che cade   155
E a te grida pietade.

Te questo ognor costante
Schermo renda al mendico;
Fido ti faccia amante
E indomabile amico.   160
Così, con legge alterna
L'animo si governa.

Tal cantava il Centauro.
Baci il giovan gli offriva
Con ghirlande di lauro.   165
E Tetide che udiva,
A la fera divina
Plaudìa dalla marina.

LA LAUREA

Quell'ospite è gentil, che tiene ascoso
Ai molti bevitori
Entro ai dogli paterni il vino annoso
Frutto de' suoi sudori;
E liberale allora   5
Sul desco il reca di bei fiori adorno,
Quando i Lari di lui ridenti intorno
Degno straniere onora:
E versata in cristalli empie la stanza
Insolita di Bacco alma fragranza.   10

   Tal io la copia che de i versi accolgo
Entro a la mente, sordo
Niego a le brame dispensar del volgo,
Che vien di fama ingordo.
In van l'uomo, che splende   15
Di beata ricchezza, in van mi tenta
Sì che il bel suono de le lodi ei senta,
Che dolce al cor discende:
E in van de' grandi la potenza e l'ombra
Di facili speranze il sen m'ingombra.   20

   Ma quando poi sopra il cammin dei buoni
Mi comparisce innanti
Alma, che ornata di suoi propri doni
Merta l'onor dei canti,
Allor da le segrete   25
Sedi del mio pensiero escono i versi,
Atti a volar di viva gloria aspersi
Del tempo oltra le mete:
E donator di lode accorto e saggio
Io ne rendo al valor debito omaggio.   30

   Ed or che la risorta insubre Atene,
Con strana meraviglia,
Le lunghe trecce a coronar ti viene
O di Pallade figlia,
Io rapito al tuo merto   35
Fra i portici solenni e l'alte menti
M'innoltro, e spargo di perenni unguenti
Il nobile tuo serto:

Nè mi curo se ai plausi, onde vai nota,
Finge ingenuo rossor tua casta gota.   40

    Ben so, che donne valorose e belle
A tutte l'altre esempio
Veggon splender lor nomi a par di stelle
D'eternità nel tempio:
E so ben che il tuo sesso   45
Tra gli ufizi a noi cari e l'umil' arte
Puote innalzarsi; e ne le dotte carte
Immortalar sè stesso.
Ma tu gisti colà, Vergin preclara,
Ove di molle piè l'orma è più rara.   50

    Sovra salde colonne antica mole
Sorge augusta e superba,
Sacra a colei, che dell'umana prole,
Frenando, i dritti serba.
Ivi la Dea si assìde   55
Custodendo del vero il puro foco;
Ivi breve sul marmo in alto loco
Il suo volere incide:
E già da quello stile aureo, sincero
Apprendea la giustizia il mondo intero.   60

    Ma d'ignari cultor turbe nemiche
Con temerario piede
Osàro entrar ne le campagne apriche,
Ove il gran tempio siede:
E la serena piaggia   65
Occuparon così di spini e bronchi,
Che fra i rami intricati e i folti tronchi
A pena il sol vi raggia;
E l'aere inerte per le fronde crebre
V'alza dense all'intorno atre tenèbre.   70

    Ben tu di Saffo e di Corinna al pari,
O donne altre famose,
Per li colli di Pindo ameni e vari
Potevi coglier rose:
Ma tua virtù s'irrìta   75
Ove sforzo virile a pena basta;
E nell'aspro sentier, che al piè contrasta,

Ti cimentasti ardita
Qual già vide ai perigli espor la fronte
Fiere vergini armate il Termodonte.   80

    Or poi, tornando dall'eccelsa impresa,
Quì sul dotto Tesino
Scoti la face al sacro foco accesa
Del bel tempio divino:
E dall'arguta voce   85
Tal di raro saper versi torrente,
Che il corso a seguitar de la tua mente
Vien l'applauso veloce,
Abbagliando al fulgor de' raggi tui
La invidia, che suol sempre andar con lui.   90

    Chi può narrar qual dal soave aspetto
E da' verginei labri
Piove ignoto finora almo diletto
Su i temi ingrati e scabri?
Ecco la folta schiera   95
De' giovani vivaci a te rivolta
Vede sparger di fior, mentre t'ascolta,
Sua nobile carriera:
E al novo esempio de la tua tenzone
Sente aggiugnersi al fianco acuto sprone.   100

    Ai detti al volto a la grand'alma espressa
Ne' fulgid' occhi tuoi
Ognun ti crederìa Temide stessa,
Che rieda oggi fra noi:
Se non che Oneglia, altrice   105
Nel fertil suolo di palladj ulivi,
Alza ai trionfi tuoi gridi giulivi;
E fortunata dice:
Dopo il gran Doria, a cui died' io la culla,
È il mio secondo sol questa fanciulla.   110

    E il buon parente, che su l'alte cime
Di gloria oggi ti mira,
A forza i moti del suo cor comprime,
E pur con sè s'adira,
Ma poi cotanto è grande   115
La piena del piacer, che in sen gli abbonda,

Che l'argin di modestia alfine innonda,
E fuor trabocca e spande:
E anch'ei col pianto, che celar desìa,
Grida tacendo: questa figlia è mia.   120

    Ma dal cimento glorïoso e bello
Tanto stupore è nato,
Che già reca per te premio novello
L'erudito Senato.
Già vien su le tue chiome   125
Di lauro a serpeggiar fronda immortale:
E fra lieto tumulto in alto sale
Strepitoso il tuo nome;
E il tuo sesso leggiadro a te dà lode
De' novi onori, onde superbo ei gode.   130

    Oh amabil sesso, che su l'alme regni
Con sì possente incanto,
Qual' alma generosa è che si sdegni
Del novello tuo vanto?
La tirannìa virile   135
Frema, e ti miri a gli onorati seggi
Salir togato, e de le sacre leggi
Interprete gentile,
Or che d'Europa ai popoli soggetti
Fin dall'alto dei troni anco le detti.   140

    Tu sei, che di ragione il dolce freno
Sul forte Russo estendi;
Tu che del chiaro Lusitan nel seno
L'antico spirto accendi.
Per te Insubria beata,   145
Per te Germania è gloriosa e forte;
Tal che al favor de le tue leggi accorte
Spero veder tornata
L'età dell'oro, e il viver suo giocondo,
Se tu governi, ed ammaestri il mondo.   150

    E l'albero medesmo, onde fu colto
Il ramoscel, che ombreggia
A la dotta Donzella il nobil volto,
Convien che a te si deggia.
In esso alta Regina   155

Tien conversi dal trono i suoi bei rai;
Tal che lieto rinverde, e più che mai
Al cielo s'avvicina.
Quanto è bello a veder che il grato alloro
Doni al sesso di lei pompa, e decoro!   160

     Ma già la Fama all'impaziente Oneglia
Le rapid' ali affretta;
E gridando le dice: olà, ti sveglia;
E la tua luce aspetta.
Insubria, onde romore   165
Va per mense ospitali ed atti amici,
Sa gli stranieri ancor render felici
Nel calle dell'onore.
Or quai, Vergine illustre, allegri giorni
Ti prepara la patria allor che torni?   170

     Pari alla gloria tua per certo a pena
Fu quella, onde si cinse
Colà d'Olimpia nell'ardente arena,
Il lottator che vinse;
Quando tra i lieti gridi   175
Il guadagnato serto al crin ponea;
E col premio d'onor, che l'uomo bea,
Tornava ai patrj lidi;
E scotendo le corde amiche ai vati
Pindaro lo seguìa con gl'Inni alati.   180

LA MUSICA

Aborro in su la scena
Un canoro elefante,
Che si strascina a pena
Su le adipose piante,
E manda per gran foce   5
Di bocca un fil di voce.

     Ahi pera lo spietato
Genitor che primiero
Tentò di ferro armato
L'esecrabile e fiero   10
Misfatto onde si duole

La mutilata prole.

Tanto dunque de' grandi
Può l'ozïoso udito,
Che a' rei colpi nefandi   15
Sen corra il padre ardito,
Peggio che fera od angue
Crudel contro al suo sangue?

Oh misero mortale
Ove cerchi il diletto?   20
Ei tra le placid' ale
Di natura ha ricetto:
Là con avida brama
Susurrando ti chiama.

Ella femminea gola   25
Ti diede, onde soave
L'aere se ne vola
Or acuto ora grave;
E donò forza ad esso
Di rapirti a te stesso.   30

Tu non però contento
De' suoi doni, prorompi
Contro a lei vïolento,
E le sue leggi rompi;
Cangi gli uomini in mostri,   35
E lor dignità prostri.

Barbara gelosìa
Nel superbo orïente
So che pietade oblìa
Ver la misera gente,   40
Che da lascivo inganno
Assecura il tiranno:

E folle rito al nudo
Ultimo Caffro impone
Il taglio atroce e crudo,   45
Onde al molle garzone
Il decimo funesto
Anno sorge sì presto.

Ma a te in mano lo stile
Italo genitore   50
Pose cura più vile
Del geloso furore:
Te non error ma vizio
Spinge all'orrido ufizio.

Arresta empio! Che fai?   55
Se tesoro ti preme,
Nel tuo figlio non l'hai?
Con le sue membra insieme,
Empio! il viver tu furi
Ai nipoti venturi.   60

Oh cielo! E tu consenti
D'oro sì cruda fame?
Nè più il foco rammenti
Di Pentapoli infame,
Le cui orribil' opre   65
Il nero àsfalto copre?

No. Del tesor, che aperto
Già ne la mente pingi,
Tu non andrai per certo
Lieto come ti fingi   70
Padre crudel! Suo dritto
De' avere il tuo delitto.

L'oltraggio, ch'or gli è occulto
Il tuo tradito figlio
Ricorderassi adulto;   75
Con dispettoso ciglio
Da la vista fuggendo
Del carnefice orrendo.

In vano in van pietade
Tu cercherai: chè l'alma   80
In lui depressa cade
Con la troncata salma;
Ed impeto non trova
Che a virtude la mova.

Misero! A lato a i regi   85
Ei sederà cantando
Fastoso d'aurei fregi;
Mentre tu mendicando
Andrai canuto e solo
Per l'Italico suolo: 90

Per quel suolo, che vanta
Gran riti e leggi e studj;
E nutre infamia tanta,
Che a gli Affricani ignudi,
Benchè tant'alto saglia,   95
E a i barbari lo agguaglia.

LA RECITA DE' VERSI

Qual fra le mense loco
Versi otterranno, che da nobil vena
Scendano; e all'acre foco
Dell'arte imponga la sottil Camena,
Meditante lavoro,   5
Che sia di nostra età pregio e decoro?

Non odi alto di voci
I convitati sollevar tumulto,
Che i Centauri feroci
Fa rammentar, quando con empio insulto   10
All'ospite di liti
Sparsero e guerra i nuzïali riti?

V'ha chi al negato *Scaldi*
Con gli abeti di Cesare veleggia;
E la vast'onda e i saldi   15
Muri sprezzati, già nel cor saccheggia
De' Batavi mercanti
Le molto di tesoro arche pesanti.

A Giove altri l'armata
Destra di fulmin spoglia; ed altri a volo   20
Sopra l'aria domata
Osa portar novelle genti al polo.
Tal sedendo confida

Ciascuno; e sua ragion fa delle grida.

Vincere il suon discorde   25
Speri colui che di clamor le folli
Mènadi, allor che lorde
Di mosto il viso balzan per li colli,
Vince; e, con alta fronte,
Gonfia d'audace verso inezie conte.   30

O gran silenzio intorno
A sè vanti compor Fauno procace,
Se del pudore a scorno
Annunzia carme onde ai profani piace;
Da la cui lubric'arte   35
Saggia matrona vergognando parte.

Orecchio ama placato
La musa e mente arguta e cor gentile.
Ed io, se a me fia dato
Ordir mai su la cetra opra non vile,   40
Non toccherò già corda
Ove la turba di sue ciance assorda.

Ben de' numeri miei
Giudice chiedo il buon cantor, che destro
Volse a pungere i rei   45
Di Tullio i casi; ed or, novo maestro
A far migliori i tempi,
Gli scherzi usa del Frigio e i propri esempj.

O te Paola, che il retto
E il bello atta a sentir formaro i Numi;   50
Te, che il piacer concetto
Mostri dolce intendendo i duo bei lumi,
Onde spira calore
Soavemente periglioso al core.

LA TEMPESTA

Odi Alcone il muggito
Nell'alto mar de la crudel tempesta
E la folgor funesta,

Che con tuono infinito
Scoppia da lungi, e rimbombar fa il lito. 5

Ahimè miseri legni,
Che cupidigia e ambizïon sospinse;
E facil' aura vinse
Per li mobili regni
Lor speme a sciorre oltre gli Erculei segni! 10

Altro sperò giocondo
Tornar da ignote prezïose cave;
E d'oro e gemme grave
Opprimer col suo pondo
De la spiaggia nativa il basso fondo. 15

Credeva altro d'immani
Mostri oleosi preda far nell'alto;
Altro feroce assalto
Dare a gli abeti estrani,
E dell'altrui tesoro empier suoi vani. 20

Ma il tuono e il vento e l'onda
Terribilmente agita tutti e batte;
Nè le vele contratte
Nè da la doppia sponda
Il forte remigar, l'urto che abbonda 25

Vince nè frena. E in tanto
Serpendo incendïoso il fulmin fischia:
E fra l'orribil mischia
De' venti e il buio manto
Del cielo, ognun paventa essere infranto. 30

E già più l'un non puote
L'alto durar tormento: uno al destino
Fa contrario cammino;
Un contro all'aspra cote
Di cieco scoglio il fianco urta e percote: 35

E quale il flutto avverso
Beve già rotto: e qual del multiforme
Monte dell'acque enorme
Sopra di lui riverso

Cede al gran peso; e alfin piomba sommerso.   40

    Alcon, non ti rammenti
Quel che superbo per ornata prora
Veleggiava finora,
Di purpurei lucenti
Segni ingombrando gli alberi potenti?   45

    A quello d'ambo i lati
Ignivome s'aprìan di bronzo bocche;
Onde pari a le rocche
Forza sprezzava e agguati
D'abete o pin contro al suo corso armati.   50

    E l'onde allettatrici
Stendeansi piane a lui davanti: e ai grembi
Fregiati d'aurei lembi
De' canapi felici
Spiravan ostinati i venti amici: 55

    Mentre Glauco e i Tritoni
Pur con le braccia lo spingean più forte;
E da le conche torte
Lusingavano i buoni
Augurj intorno a lui con alti suoni.   60

    E lungo i pinti banchi
Le Dee del mar sparse le chiome bionde
Carolavan per l'onde,
Che lucide su i bianchi
Dorsi fuggian strisciando e sopra i fianchi.   65

    Fra tanto, senza alcuno
Il beato nocchier timor che il roda,
Dall'alto de la proda
Al mattin primo e al bruno
Vespro così cantava inni a Nettuno: 70

    A te sia lode o nume,
Di cui son l'opre ognor potenti e grandi,
O se nel suol ti spandi
Con le fuggenti spume
O di Cinzia t'innalzi al chiaro lume.   75

Tu col tridente altero
Al tuo piacer la terra ampia dividi;
Tu fra gli opposti lidi
Del duplice emispero
Scorrevole a i mortali apri sentiero.   80

Rota per te le nuove
Con subitaneo piè veci Fortuna:
E quello, che con una
Occhiata il tutto move,
Non è di te maggior superno Giove.   85

Tale adulava. Or mira
Or mira, Alcon, come del porto in faccia,
Lungi dal porto il caccia
Nettuno stesso; e a dira
Sorte con gli altri lo trasporta e aggira!   90

E la ricchezza imposta
Indi con la tornante onda ritoglie;
E le lacere spoglie
Ne gitta, e la scomposta
Mole a traverso dell'arida costa.   95

Ahi qual furore il mena
Pur contra noi d'ogni avarizia schivi,
Che sotto a i sacri ulivi
Radendo quest'arena
Peschiam canuti con duo remi a pena!   100

Alcon, che più s'aspetta?
Ecco il turbine rio, che omai n'è sopra.
Lascia che il flutto copra
La sdrucita barchetta;
E noi nudi salvianci al sasso in vetta.   105

O giovanetti, piante
Ponete in terra; quì pomi inserite;
Quì gli armenti nodrite
Sotto a le leggi sante
De la natura in suo voler costante.   110

Quì semplici a regnare;
Quì gli utili prendete a ordir consigli;
Nè fidate de' figli
La sorte, o de le care
Spose a l'arbitrio del volubil mare.   115

LE NOZZE

E pur dolce in su i begli anni
De la calda età novella
Lo sposar vaga donzella,
Che d'amor già ne ferì.

   In quel giorno i primi affanni
Ci ritornano al pensiere: 5
E maggior nasce il piacere
Da la pena che fuggì.

   Quando il sole in mar declina
Palpitare il cor si sente: 10
Gran tumulto è ne la mente:
Gran desìo ne gli occhi appar.

   Quando sorge la mattina
A destar l'aura amorosa,
Il bel volto de la sposa   15
Si comincia a contemplar.

   Bel vederla in su le piume
Riposarsi al nostro fianco,
L'un de' bracci nudo e bianco
Distendendo in sul guancial: 20

   E il bel crine oltra il costume
Scorrer libero e negletto;
E velarle il giovin petto,
Ch'or discende or alto sal.

   Bel veder de le due gote   25
Sul vivissimo colore
Splender limpido madore,
Onde il sonno le spruzzò:

Come rose ancora ignote
Sovra cui minuta cada   30
La freschissima rugiada,
Che l'aurora distillò.

Bel vederla all'improvviso
I bei lumi aprire al giorno;
E cercar lo sposo intorno,   35
Di trovarlo incerta ancor:

E poi schiudere il sorriso
E le molli parolette
Fra le grazie ingenue e schiette
De la brama e del pudor.   40

O Garzone amabil figlio
Di famosi e grandi eroi,
Sul fiorir de gli anni tuoi
Questa sorte a te verrà.

Tu domane aprendo il ciglio   45
Mirerai fra i lieti lari
Un tesor, che non ha pari
E di grazia e di beltà.

Ma oimè come fugace
Se ne va l'età più fresca,   50
E con lei quel che ne adesca
Fior sì tenero e gentil!

Come presto a quel che piace
L'uso toglie il pregio e il vanto;
E dileguasi l'incanto   55
De la voglia giovanil!

Te beato in fra gli amanti,
Che vedrai fra i lieti lari
Un tesor, che non ha pari
Di bellezza e di virtù!   60

La virtù guida costanti
A la tomba i casti amori,

Poi che il tempo invola i fiori
De la cara gioventù.

LA CADUTA

Quando Orïon dal cielo
Declinando imperversa;
E pioggia e nevi e gelo
Sopra la terra ottenebrata versa,

    Me spinto ne la iniqua
Stagione, infermo il piede,   5
Tra il fango e tra l'obliqua
Furia de' carri la città gir vede;

    E per avverso sasso
Mal fra gli altri sorgente,   10
O per lubrico passo
Lungo il cammino stramazzar sovente.

    Ride il fanciullo; e gli occhi
Tosto gonfia commosso,
Che il cubito o i ginocchi   15
Me scorge o il mento dal cader percosso.

    Altri accorre; e: oh infelice
E di men crudo fato
Degno vate! mi dice;
E seguendo il parlar, cinge il mio lato   20

    Con la pietosa mano;
E di terra mi toglie;
E il cappel lordo e il vano
Baston dispersi ne la via raccoglie:

    Te ricca di comune   25
Censo la patria loda;
Te sublime, te immune
Cigno da tempo che il tuo nome roda

    Chiama gridando intorno;
E te molesta incìta   30

Di poner fine al *Giorno*,
Per cui cercato a lo stranier ti addita.

Ed ecco il debil fianco
Per anni e per natura
Vai nel suolo pur anco   35
Fra il danno strascinando e la paura:

Nè il sì lodato verso
Vile cocchio ti appresta,
Che te salvi a traverso
De' trivii dal furor de la tempesta.   40

Sdegnosa anima! prendi
Prendi novo consiglio,
Se il già canuto intendi
Capo sottrarre a più fatal periglio.

Congiunti tu non hai,   45
Non amiche, non ville,
Che te far possan mai
Nell'urna del favor preporre a mille.

Dunque per l'erte scale
Arrampica qual puoi;   50
E fa gli atrj e le sale
Ogni giorno ulular de' pianti tuoi.

O non cessar di porte
Fra lo stuol de' clienti,
Abbracciando le porte   55
De gl'imi, che comandano ai potenti;

E lor mercè penètra
Ne' recessi de' grandi;
E sopra la lor tetra
Noja le facezie e le novelle spandi.   60

O, se tu sai, più astuto
I cupi sentier trova
Colà dove nel muto
Aere il destin de' popoli si cova;

E fingendo nova esca 65
Al pubblico guadagno,
L'onda sommovi, e pesca
Insidioso nel turbato stagno.

Ma chi giammai potrìa
Guarir tua mente illusa, 70
O trar per altra via
Te ostinato amator de la tua Musa?

Lasciala: o, pari a vile
Mima, il pudore insulti,
Dilettando scurrile 75
I bassi genj dietro al fasto occulti.

Mia bile, al fin costretta,
Già troppo, dal profondo
Petto rompendo, getta
Impetuosa gli argini; e rispondo: 80

Chi sei tu, che sostenti
A me questo vetusto
Pondo, e l'animo tenti
Prostrarmi a terra? Umano sei, non giusto.

Buon cittadino, al segno 85
Dove natura e i primi
Casi ordinàr, lo ingegno
Guida così, che lui la patria estimi.

Quando poi d'età carco
Il bisogno lo stringe, 90
Chiede opportuno e parco
Con fronte liberal, che l'alma pinge.

E se i duri mortali
A lui voltano il tergo,
Ei si fa, contro ai mali, 95
Della costanza sua scudo ed usbergo.

Nè si abbassa per duolo,
Nè s'alza per orgoglio.
E ciò dicendo, solo

Lascio il mio appoggio; e bieco indi mi toglio. 100

Così, grato ai soccorsi,
Ho il consiglio a dispetto;
E privo di rimorsi,
Col dubitante piè torno al mio tetto.

IL PERICOLO

In vano in van la chioma
Deforme di canizie,
E l'anima già doma
Dai casi, e fatto rigido
Il senno dall'età, 5

Si crederà che scudo
Sien contro ad occhi fulgidi
A mobil seno a nudo
Braccio e all'altre terribili
Arme della beltà. 10

Gode assalir nel porto
La contumace Venere;
E, rotto il fune e il torto
Ferro, rapir nel pelago
Invecchiato nocchier; 15

E per novo periglio
Di tempeste, all'arbitrio
Darlo del cieco figlio,
Esultando con perfido
Riso del suo poter. 20

Ecco me di repente,
Me stesso, per l'undecimo
Lustro di già scendente,
Sentii vicino a porgere
Il piè servo ad amor: 25

Benchè gran tempo al saldo
Animo in van tentassero
Novello eccitar caldo

Le lusinghiere giovani
Di mia patria splendor.   30

    Tu dai lidi sonanti
Mandasti, o torbid'Adria,
Chi sola de gli amanti
Potea tornarmi a i gemiti
E al duro sospirar;   35

    Donna d'incliti pregi
Là fra i togati principi,
Che di consigli egregi
Fanno l'alta Venezia
Star libera sul mar.   40

    Parve a mirar nel volto
E ne le membra Pallade,
Quando, l'elmo a sè tolto,
Fin sopra il fianco scorrere
Si lascia il lungo crin: 45

    Se non che a lei dintorno
Le volubili grazie
Dannosamente adorno
Rendeano ai guardi cupidi
L'almo aspetto divin.   50

    Qual, se parlando, eguale
A gigli e rose il cubito
Molle posava? Quale,
Se improvviso la candida
Mano porgea nel dir?   55

    E a le nevi del petto,
Chinandosi da i morbidi
Veli non ben costretto,
Fiero dell'alme incendio!
Permetteva fuggir?   60

    In tanto il vago labro,
E di rara facondia
E d'altre insidie fabro,
Gìa modulando i lepidi

Detti nel patrio suon. 65

Che più? Da la vivace
Mente lampi scoppiavano
Di poetica face,
Che tali mai non arsero
L'amica di Faon; 70

Nè quando al coro intento
De le fanciulle Lesbie
L'errante vïolento
Per le midolle fervide
Amoroso velen; 75

Nè quando lo interrotto
Dal fuggitivo giovane
Piacer cantava, sotto
A la percossa cetera
Palpitandole il sen. 80

Ahimè quale infelice
Giogo era pronto a scendere
Su la incauta cervice,
S'io nel dolce pericolo
Tornava il quarto dì! 85

Ma con veloci rote
Me, quantunque mal docile,
Ratto per le remote
Campagne il mio buon Genio
Opportuno rapì. 90

Tal che in tristi catene
Ai garzoni ed al popolo
Di giovanili pene
Io canuto spettacolo
Mostrato non sarò. 95

Bensì, nudrendo il mio
Pensier di care immagini,
Con soave desìo
Intorno all'onde Adriache
Frequente volerò. 100

PIRAMO E TISBE
AD UNO IMPROVVISATORE

Ahi qual fiero spettacolo
Vegg' io, che il cor mi fiede,
Sotto a la luna pallida,
Là di quel gelso al piede?

    Una donzella e un giovane   5
In loro età più acerba,
Ecco trafitti giacciono
Insanguinando l'erba.

    Oh dio, che orror! La misera
Sembra morir pur ora;   10
E il crudo acciar nel tiepido
Seno sta immerso ancora.

    L'altro comincia a spargere
Già le membra di gelo;
E ne la mano languida   15
Tien lacerato un velo.

    Ahi per gelosa furia
Un tanto error commise
Il dispietato giovane...
Ma chi lui stesso uccise?   20

    Intendo. Aperse un invido
Rivale i bianchi petti,
O un parente implacabile
Ai furtivi diletti.

    Indi fuggendo, il barbaro   25
Ferro lasciò confitto,
Che testimon del perfido
Esser potea delitto.

    Ma tu sorridi? Ingannomi
Forse nel mio pensiero?   30
Tu dal crudel mi libera

Dubbio; e mi spiega il vero.

A te diè di conoscere
Le cose Apollo il vanto;
E dilettarne gli uomini   35
Col divino tuo canto.

ALCESTE
AL MEDESIMO

Ne' più remoti secoli
Apparver strane cose,
Che poi son favolose
Credute a questa età.

Lascio conversi in alberi   5
In sassi in fonti in fiumi
E gli uomini ed i numi,
Cose che il vulgo sa.

Sol parlo d'un miracolo,
Ch'or niegan le persone,   10
Non so se per ragione
O per malignità.

Questo è una donna egregia,
Che per salvar da morte
Uno infermo consorte   15
Lieta a morir sen va.

Ed ei, da morte libero
E da la moglie insieme,
Odia la vita e geme
E vuol la sua metà.   20

Fin che un amico intrepido
Per lui sceso a lo inferno,
La toglie al fato eterno;
E intatta a lui la dà.

Alceste, Admeto ed Ercole   25
A te gentil cantore

Poetico furore
Veggo che inspiran già.

    Dunque il bel caso pingine;
E fa de' prischi tempi   30
Veri parer gli esempi
D'amore e d'amistà.

    Sai che d'Admeto pascere
Febo degnò gli armenti:
Sai che de' suoi lamenti   35
Ebbe di poi pietà.

    Oh quanto a tai memorie
Avrà diletto! Oh quanto
Dal sublime tuo canto
Rapito penderà!   40

LA MAGISTRATURA
PER
CAMMILLO GRITTI
PRETORE DI VICENZA NEL 1787

Se robustezza ed oro
Utili a far cammino il ciel mi desse,
Vedriansi l'orme impresse
De le rote, che lievi al par di Coro
Me porterebbon, senza   5
Giammai posarsi, a la gentil Vicenza:

   Onde arguta mi viene
E penetrante al cor voce di donna,
Che vaga e bella in gonna,
Dell'altro sesso anco le glorie ottiene;   10
Fra le Muse immortali
Con fortunato ardir spiegando l'ali.

   E da gli occhi di lei
Oltre lo ingegno mio fatto possente,
Rapido da la mente   15
Accesa il desïato Inno trarrei,
Colui ponendo segno
Che de gli onori tuoi, Vicenza, è degno.

   Che dissi? Abbian vigore
Di membra quei che morir denno ignoti;   20
E sordidi nipoti
Spargan d'avi lodati aureo splendore.
Noi delicati, e nudi
Di tesor, che nascemmo ai sacri studj,

   Noi, quale in un momento   25
Da mosso speglio il suo chiaror traduce
Riverberata luce,
Senza fatica in cento parti e in cento,
Noi per monti e per piani
L'agile fantasìa porta lontani.   30

   Salute a te, salute
Città, cui da la Berica pendice
Scende la copia, altrice

De' popoli, coperta di lanute
Pelli e di sete bionde,   35
Cingendo al crin con spiche uve gioconde.

    A te d'aere vivace
A te il ciel di salubri acque fe' dono.
Caro tuo pregio sono
Leggiadre donne, e giovani a cui piace   40
Ad ogni opra gentile
L'animo esercitar pronto e sottile.

    Il verde piano e il monte,
Onde sì ricca sei, caccian la infame
Necessità, che brame   45
Cova malvage sotto al tetro fronte;
Mentre tu l'arti opponi
All'ozio vil corrompitor de' buoni.

    E lungi da feroce
Licenza e in un da servitude abbietta,   50
Ne vai per la diletta
Strada di libertà dietro a la voce,
Onde te stessa reggi,
De' bei costumi tuoi, de le tue leggi.

    Leggi, che fin dagli anni   55
Prischi non tolse il domator Romano;
Nè cancellàr con mano
Sanguinolenta i posteri tiranni;
Fin che il Lione altero
Te amica aggiunse al suo pacato impero.   60

    E quei mutar non gode
Il consueto a te ordin vetusto;
Ma generoso e giusto
Vuol che ne venga vindice e custode
Al varïar de' lustri   65
Fresco valor degli ottimati illustri.

    Ahi! quale a me di bocca
Fugge parlar, che te nel cor percote,
A cui già su le gote
Con le lagrime sparso il duol trabocca,   70

E par che solo un danno
Cotanti beni tuoi volga in affanno!

    Lassa! davanti al tempio
Che sul tuo colle tanti gradi sale,
Supplicavi che uguale   75
A un secol fosse con novello esempio
Il quinquennio sperato
Quando l'inclito GRITTI a te fu dato.

    Ed ecco, a pena lieto
Sopra l'aureo sentier battea le penne,   80
A fulminarlo venne
Repentino cadendo alto decreto,
Che, quasi al vento foglie,
Ogni speranza tua dissipa e toglie.

    E qual dall'anelante   85
Suo sen divelto innanzi tempo vede
Lungi volgere il piede
Nova tenera sposa il caro amante,
Che tromba e gloria avita
Per la patria salute altronde invita: 90

    Così l'eroe tu miri
Da te partirsi: e di te stessa in bando,
Vedova afflitta errando
E di querele empiendo e di sospiri
I fori ed i teatri   95
E le vie già sì belle e i ponti e gli atrj

    E i templi a le divine
Cure sagrati, che di te sì degni,
De' tuoi famosi ingegni
Ahimè! l'arte non pose a questo fine,   100
Altro più ben non godi
Che tra gli affanni tuoi cantar sue lodi.

    Non già perch'ei non porse
Le mani a l'oro o a le lusinghe il petto;
Nè sopra l'equo e il retto   105
Con l'arbitro voler giammai non sorse;
Nè le fidate a lui

Spada o lanci detorse in danno altrui.

    Vile dell'uomo è pregio
Non esser reo. Costui da i chiari apprese   110
Atavi donde scese,
D'alte glorie a infiammar l'animo egregio,
E a gir dovunque in forme
Più insigni de' miglior splendano l'orme.

    Chi sì benigno e forte   115
Di Temide impugnò l'util flagello?
O chi pudor sì bello
Diede all'augusta autorità consorte?
O con sì lene ciglio
Fe' l'imperio di lei parer consiglio?   120

    Davanti a più maturo
Giudizio le civili andar fortune,
O starsene il comune
Censo in maggior frugalità securo
Quando giammai si vide   125
Ovunque il giusto le sue norme incide?

    Ei, se il dover lo impose,
Al veder linee, al provveder fu pardo;
Ei del popolo al guardo
Gli arcani altrui, non sè medesmo ascose;   130
Nè occulto orecchio sciolse,
Ma solenne tra i fasci il vero accolse.

    Ei gli audaci repressi
Tenne con l'alma dignità del viso;
Ei con dolce sorriso,   135
Poi che del grado a sollevar gli oppressi
Tutto il poter consunse,
A la giustizia i beneficj aggiunse.

    E tal suo zelo sparse,
Che grande a i grandi, al cittadino pari,   140
Uom comune ai volgari,
Rettor, giudice, padre, a tutti apparse;
Destando in tutti, estreme
Cose, amicizia e riverenza insieme.

Ben chiamarsi beata   145
Può fra povere balze e ghiacci e brume,
Gente cui sia dal nume
Simil virtude a preseder mandata.
Or qual fu tua ventura,
Città, cui tanto il ciel ride e natura!   150

Ma balsamo, che tolto
Vien di sotterra, e s'apre al chiaro giorno,
Subitamente intorno
Con eterea fragranza erra disciolto;
Tal che il senso lo ammira,   155
E ognun di possederne arde e sospira.

Quale stupor, se brama
Del nobil figlio al gran Senato nacque;
E repente, fra l'acque
Onde lungi provvede, a sè il richiama?   160
Di tanto senno ai raggi
Voti non sorser mai, altro che saggi.

Non vedi quanti aduna
Ferri e fochi su l'onda e su la terra
Vasto mostro di guerra,   165
Che tre Imperi commette a la Fortuna;
E con terribil faccia
Anco l'altrui securità minaccia?

Or convien che s'affretti,
Cotanto a le superbe ire vicina,   170
Del mar l'alta Regina
Il suo fianco a munir d'uomini eletti,
Ov'ardan le sublimi
Anime di color che opposer primi

Al rio furore esterno   175
Il valor la modestia ed i consigli;
E dai miseri esigli
Fecer l'Adria innalzarsi a soglio eterno;
E sonar con preclare
Opre del nome lor la terra e il mare.   180

Godi, Vicenza mia,
Che il GRITTI a fin sì glorïoso or vola:
E il tuo dolor consola,
Mirando qual segnò splendida via
Co' brevi esempi suoi   185
Alla virtù di chi verrà da poi.

IN MORTE DEL MAESTRO SACCHINI

Te con le rose ancora
Della felice gioventù nel volto
Vidi e conobbi, ahi tolto
Sì presto a noi da la fatal tua ora
O di suoni divini   5
Pur dianzi egregio trovator SACCHINI!

Maschia beltà fiorìa
Nell'alte membra; dai vivaci lumi
Splendido di costumi
E di soavi affetti indizio uscìa: 10
Il labbro era potente
Dell'animo lusinga e de la mente.

All'armonico ingegno
Quante volte fe' plauso; e vinta poi
Da gli altri pregi tuoi   15
Male al tenero cor pose ritegno
Damigella immatura,
O matrona di sè troppo secura!

Ma perfido o fastoso
Te giammai non chiamò tardi pentita: 20
Nè d'improvviso uscita
Madre sgridò nè furibondo sposo,
Te ingenuo, e del procace
Rito de' tuoi non facile seguace.

Amò de' bei concenti   25
Empier la tromba sua poscia la Fama;
Tal che d'emula brama
Arser per te le più lodate genti
Che Italia chiuda, o l'Alpe

Da noi rimova, o pur l'Erculea Calpe.   30

    E spesso a breve oblìo
La da lui declinante in novo impero
Il Britanno severo
America lasciò: tanto il rapìo,
Non avveduto ai tristi   35
Casi, l'arguzia onde i tuoi modi ordisti.

    O, se la tua dal mare
Arte poi venne a popol più faceto,
Nel teatro inquieto
Tacquer le ardenti musicali gare;   40
E in te sol uno immoti
Stetter dei cori e de l'orecchio i voti:

    Poi che da' tuoi pensieri
Mirabile di suoni ordin si schiuse,
Che per l'aria diffuse   45
Non peranco al mortal noti piaceri,
O se tu amasti vanto
Dare a i mobili plettri, o pure al canto.

    Fra la scenica luce
Ben più superbi strascinaron gli ostri   50
I prezïosi mostri,
Che l'Italo crudele ancor produce;
E le avare sirene
Gravi a l'alme speràro impor catene;

    Quando su le sonore   55
Labbra di lor tuo nobil estro scese;
E novi accenti apprese
Delle regali vergini al dolore,
O ne' tragici affanni
Turbò di modulate ire i tiranni.   60

    Ma tu, del non virile
Gregge sprezzando i folli orgogli e l'oro,
Innalzasti il decoro
Della bell'arte tua, spirto gentile,
Di liberi diletti   65
Sol avido bear gli umani petti.

Nè, se talor converse
La non cieca Fortuna a te il suo viso;
E con lieto sorriso
Fulgido di tesoro il lembo aperse,　　　　　　　70
Indivisi a gli amici
I doni a te di lei parver felici.

　　Ahi sperava a le belle
Sue spiagge Italia rivederti alfine;
Coronandoti il crine　　　　　　　　　　　75
Le già cresciute a lei fresche donzelle,
Use di te le lodi
Ascoltar da le madri e i dolci modi!

　　Ed ecco l'atra mano
Alzò colei, cui nessun pregio move;　　　　80
E te, cercante nuove
Grazie lungo il sonoro ebano in vano,
Percosse; e di famose
Lagrime oggetto in su la *Senna* pose.

　　Nè gioconde pupille　　　　　　　　85
Di cara donna, nè d'amici affetto,
Che tante a te nel petto
Valean di senso ad eccitar faville,
Più desteranno arguto
Suono dal cener tuo per sempre muto.　　　90

IL DONO
PER LA MARCHESA
PAOLA CASTIGLIONI

Queste, che il fero *Allobrogo*
Note piene d'affanni
Incise col terribile
Odiator de' tiranni
Pugnale, onde Melpomene　　　　　　　5
Lui fra gl'Itali spirti unico armò;

　　Come oh come a quest'animo
Giungon soavi e belle,

Or che la stessa Grazia
A me di sua man dielle,   10
Dal labbro sorridendomi,
E dalle luci, onde cotanto può!

    Me per l'urto e per l'impeto
De gli affetti tremendi,
Me per lo cieco avvolgere   15
De' casi, e per gli orrendi
Dei gran re precipizii,
Ove il coturno camminando va,

    Segue tua dolce immagine,
Amabil donatrice,   20
Grata spirando ambrosia
Su la strada infelice;
E in sen nova eccitandomi
Mista al terrore acuta voluttà:

    O sia che a me la fervida   25
Mente ti mostri, quando
In divin modi, e in vario
Sermon, dissimulando,
Versi d'ingegno copia
E saper che lo ingegno almo nodrì: 30

    O sia quando spontaneo
Lepor tu mesci a i detti;
E di gentile aculeo
Altrui pungi e diletti
Mal cauto da le insidie,   35
Che de' tuoi vezzi la natura ordì.

    Caro dolore, e specie
Gradevol di spavento
È mirar finto in tavola
E squallido, e di lento   40
Sangue rigato il giovane
Che dal crudo cinghiale ucciso fu.

    Ma sovra lui se pendere
La madre de gli amori,
Cingendol con le rosee   45

Braccia si vede, i cori
Oh quanto allor si sentono
Da giocondo tumulto agitar più!

    Certo maggior, ma simile
Fra le torbide scene   50
Senso in me desta il pingermi
Tue sembianze serene;
E all'atre idee contessere
I bei pregi, onde sol sei pari a te.

    Ben porteranno invidia   55
A' miei novi piaceri
Quant'altri a scorrer prendano
I volumi severi.
Che far, se amico genio
Sì amabil donatrice a lor non diè?   60

LA GRATITUDINE
PER
ANGELO MARIA DURINI
CARDINALE

Parco di versi tessitor ben fia
Che me l'Italia chiami;
Ma non sarà che infami
Taccia d'ingrato la memoria mia.
Vieni o Cetra al mio seno;   5
E canto illustre al buon DURINI sciogli,
Cui di fortuna dispettosi orgogli
Duro non stringon freno;
Sì che il corso non volga ovunque ei sente
Non ignobil favilla arder di mente.   10

    Me pur dall'ombra de' volgari ingegni
Tolse nel suo pensiero;
E con benigno impero
Collocò repugnante in fra i più degni.
Me fatto idolo a lui   15
Guatò la invidia con turbate ciglia;
Mentre in tanto splendor gran meraviglia
A me medesmo io fui:

E sdegnoso pudore il cor mi punse,
Che all'alta cortesìa stimoli aggiunse.   20

    Solenne offrir d'ambizïose cene,
Onde frequente schiera
Sazia si parta e altera,
Non è il favor di che a bearmi ei viene.
Mortale, a cui la sorte   25
Cieco diede versar d'enormi censi,
Sol di tai fasti celebrar sè pensi
E la turba consorte.
Chi sovra l'alta mente il cor sublima
Meglio sè stesso e i sacri ingegni estima.   30

    Cetra il dirai; poi che a mostrarsi grato,
Fuor che fidar nell'ali
De la fama immortali,
Non altro mezzo all'impotente è dato.
Quei, che al fianco de' regi   35
Tanto sparse di luce e tanto accolse
Fin che le chiome de la benda involse
Premio di fatti egregi,
A me, che l'orma umìl tra il popol segno,
Scender dall'alto suo non ebbe a sdegno.   40

    E spesso i Lari miei, novo stupore!
Vider l'ostro romano
Riverberar nel vano
Dell'angusta parete almo fulgore:
E di quell'ostro avvolti   45
Vider natìa bontà, clemente affetto,
Ingenui sensi nel vivace aspetto
Alteramente scolti,
E quanti alma gentil modi ha più rari,
Onde fortuna ad esser grande impari.   50

    Qual nel mio petto ancor siede costante
Di quel dì rimembranza,
Quando in povera stanza
L'alta forma di lui m'apparve innante!
Sirio feroce ardea: 55
Ed io, fra l'acque in rustic' urna immerso,
E a le Naiadi belle umil converso,

Oro non già chiedea
Che a me portasser dall'alpestre vena,
Ma te cara salute al fin serena.   60

    Ed ecco, i passi a quello dio conforme
Cui finse antico grido
Verso il materno lido
Dal Xanto ritornar con splendid'orme,
Ei venne; e al capo mio   65
Vicin si assise; e da gli ardenti lumi
E da i novi spargendo atti e costumi
Sovra i miei mali oblìo,
A me di me tali degnò dir cose;
Che tenerle fia meglio al vulgo ascose.   70

    Io del rapido tempo in vece a scorno
Custodirò il momento,
Ch'ei con nobil portento
Ruppe lo stuol, che a lui venìa dintorno;
E solo accorse; e ratto,   75
Me, nel sublime impazïente cocchio
Per la negata ohimè forza al ginocchio
Male ad ascender atto,
Con la man sopportò lucidi dardi
Di sacre gemme sparpagliante a i guardi.   80

    Come la Grecia un dì gl'incliti figli
Di Tindaro credette
Agili su le vette
De le navi apparir pronti a i perigli;
E di felice raggio   85
Sfavillando il bel crin biondo e le vesti,
Curvare i rosei dorsi; e le celesti
Porger braccia, coraggio
Dando fra l'alte minaccianti spume
Al trepido nocchier caro al lor nume: 90

    Tale in sembianti ei parve oltra il mortale
Uso benigni allora;
Onde quell'atto ancora
Di giocondo tumulto il cor m'assale:
Chè la man, ch'io mirai   95
Dianzi guidar l'amata genitrice,

Ahi prima del morir tolta infelice
Del sole a i vaghi rai,
E tolta dal veder per lei dal ciglio
Sparger lagrime illustri il caro figlio: 100

    Quella man, che gran tempo a lato a i troni
Onde frenato è il mondo,
Di consiglio profondo
Carte seppe notar propizie a i buoni:
Quella che, mentre ei presse   105
De le chiare provincie i sommi seggi,
Grate al popol donò salubri leggi;
Quella il mio fianco resse
Insigne aprendo a la fastosa etade
Spettacol di modestia e di pietade.   110

    Uomo, a cui la natura e il ciel diffuse
Voglie nel cor benigne,
Qualor desìo lo spigne
L'arti a seguir de le innocenti Muse,
Il germe in lui nativo   115
Con lo aggiunto vigor molce ed affina,
Pari a nobile fior, cui cittadina
Mano in tiepido clivo
Educa e nutre, e da più ricche foglie
Cara copia d'odori all'aria scioglie.   120

    Costui, se poi dintorno a sè conteste
D'onori e di fortuna
Fulgide pompe aduna,
Pregiate allor che a la virtù son veste,
Costui de' proprj tetti   125
Suo ritroso favor già non circonda;
Ma con pubblica luce esce e ridonda
Sopra gl'ingegni eletti,
Destando ardor per le lodevol' opre,
Che le genti e l'età di gloria copre.   130

    Non va la mente mia lungi smarrita
Co' versi lusinghieri;
Ma per varj sentieri
Dell'inclito DURIN l'indole addita:
E, come falco ordisce   135

Larghi giri nel ciel volto a la preda;
Tal, benchè vagabondo altri lo creda,
Me il mio canto rapisce
A dir com'egli a me davanti egregio
Uditor tacque; ed al Licèo diè pregio.   140

Quando dall'alto disprezzando i rudi
Tempi a cui tutto è vile
Fuor che lucro servile;
Solo de' grandi entrar fu visto; e i nudi
Scanni repente cinse   145
De' lucidi spiegati ostri sedendo;
E al giovane drappel, che a lui sorgendo
Di bel pudor si tinse,
Lene compagno ad ammirar sè diede;
E grande a i detti miei acquistò fede.   150

Onde osai seguitar del miserando
Di Làbdaco nipote
Le terribili note
E il duro fato e i casi atroci e il bando;
Quale all'Attiche genti   155
Già il finse di colui l'altero carme,
Che la patria onorò trattando l'arme
E le tibie piagnenti;
E de le regie dal destin converse
Sorti, e dell'arte inclito esempio offerse.   160

Simuli quei, che più sè stesso ammira,
fuggir l'aura odorosa
Che da i labbri di rosa
La bellissima lode a i petti inspira;
Lode figlia del cielo,   165
Che mentre a la virtù terge i sudori,
E soave origlier spande d'allori
A la fatica e al zelo,
Nuove in alma gentil forze compone;
E gran premio dell'opre al meglio è sprone.   170

Io non per certo i sensi miei scortese
Di stoïco superbo
Manto celati serbo,
Se propizia giammai voce a me scese.

Nè asconderò che grata 175
Ei da le labbra melodìa mi porse,
Quando facil per me grazia gli scorse
Da me non lusingata;
Poi che tropp'alto al cor voto s'imprime
D'uom che ingegno e virtudi alzan sublime. 180

Pur, se lice che intero il ver si scopra,
Dirò che più mi piacque
Allor che di me tacque,
E del prisco cantor fe' plauso all'opra.
Sorser le giovanili 185
Menti da tanta autorità commosse:
Subita fiamma inusitata scosse
Gli spiriti gentili,
Che con novo stupor dietro a gl'inviti
De la greca beltà corser rapiti. 190

Onde come il cultor, che sopra il grembo
De' lavorati campi
Mira con fausti lampi
Stendersi repentino estivo nembo;
E tremolar per molta 195
Pioggia con fresco mormorìo le frondi;
E di novi al suo piè verdi giocondi
Rider la biada folta,
Tal io fui lieto, e nel pensier descrissi
Belle speranze a la mia Insubria, e dissi: 200

Vedrò vedrò da le mal nate fonti,
Che di zolfo e d'impura
Fiamma e di nebbia oscura
Scendon l'Italia ad infettar da i monti;
Vedrò la gioventude 205
I labbri torcer disdegnosi e schivi;
E a i limpidi tornar di Grecia rivi,
Onde natura schiude
Almo sapor, che a sè contrario il folle
Secol non gusta, e pur con laudi estolle. 210

Questi è il Genio dell'arti. Il chiaro foco
Onde tutt'arde e splende
Irrequieto ei stende

Simile all'alto sol di loco in loco.
Il Campidoglio e Roma   215
Lui ancor biondo il crine ammirar vide
I supremi del bello esempi e guide,
Che lunga età non doma;
E il concetto fervore e i novi auspicj
Largo versar di Pallade a gli amici.   220

   Nè già, benchè per rapida le penne
Strada d'onor levasse,
Da sè rimote o basse
Le prime cure onde fu vago ei tenne:
O se con detti armati   225
D'integra fede e cor di zelo accenso
Osò l'ardua tentar fra nuvol denso
Mente de i re scettrati;
O se nel popol poi con miti e pure
Man le date spiegò verghe e la scure.   230

   Però che dove o fra le reggie eccelse
Loco all'arti divine
O in umili officine
O in case ignote la fortuna scelse,
Ivi amabil decoro   235
E saggia meraviglia al merto desta
Venne guidando, e largità modesta,
E de le grazie il coro
Co' festevoli applausi ora discinti
Or de' bei nodi de le Muse avvinti.   240

   Anzi, come d'Alcide e di Tesèo
Suona che da le vive
Genti a le inferne rive
L'ardente cortesìa scender potèo;
Ed ei così la notte   245
Ruppe dove l'oblìo profondo giace;
E al lieto de la fama aere vivace
Tornò le menti dotte;
E l'opre lor, dopo molt'anni e lustri,
Di sue vigilie allo splendor fe' illustri.   250

   Tal che onorato ancor sul mobil etra
Va del suo nome il suono

Dove il chiaro Polono
Dell'arbitro vicino al fren s'arretra;
Dove il regal Parigi   255
Novi a sè fati oggi prepara, e dove
L'ombra pur anco del gran Tosco move
Che gli antiqui vestigi
Del saper discoperse, e fèo la chiusa
Valle sonar di così nobil Musa.   260

    È ver che, quali entro al lor fondo avito
I Fabrizi e i Cammilli
Tornar godean tranquilli
Pronti sempre del Tebro al sacro invito:
Tal di sè solo ei pago   265
Lungi dall'aura popolar s'invola;
E mentre il ciel più glorïosa stola
Forse d'ordirgli è vago,
Tra le ville natali e l'aere puro
Da i flutti or sta d'ambizïon securo.   270

    Ma i cari studj a lui compagni annosi,
E a i popoli ed all'arti
I beneficj sparti
Son del suo corso splendidi riposi.
Vedi amplïarsi alterno   275
Di moli aspetto ed orti ed agri ameni,
Onde quei che al suo merto accesser beni
E il tesoro paterno
Versa; e dovunque divertir gli piaccia,
L'ozio da i campi e l'atra inopia caccia.   280

    Vedi i portici e gli atrj ov'ei conduce
Il fervido pensiere,
E le di libri altere
Pareti, che del vero apron la luce:
O ch'ei di sè maestro   285
Nell'alto de le cose ami recesso
Gir meditando, o il plettro a lui concesso
Tentar con facil estro;
E in carmi, onde la bella alma si spande,
Soavi all'amistà tesser ghirlande.   290

    Ed ecco il tempio ove, negati altronde,

Qual da novo Elicona
Premj all'ingegno ei dona;
E fiamme acri d'onore altrui diffonde.
Ecco ne' segni sculti   295
Quei che del nome lor la patria ornaro,
Onde sol generoso erge all'avaro
Oblìo nobili insulti;
E quelle glorie a la città rivela,
Ch'ella a sè stessa ingiuriosa cela.   300

    Dove o Cetra? Non più. Rari i discreti
Sono: e la turba è densa
Che già derider pensa
I facili del labbro a uscir segreti.
Di lui questa all'orecchio   305
Parte de' sensi miei salgane occulta,
Sì che del cor, che al beneficio esulta,
Troppo limpido specchio
Non sia che fiato invidïoso appanni,
Che me di vanti e lui d'error condanni.   310

    Lungi o profani! Io d'importuna lode
Vile mai non apersi
Cambio; nè in blandi versi
Al giudizio volgar so tesser frode.
Oro nè gemme vani   315
Sono al mio canto: e dove splenda il merto
Là di fiore immortal ponendo serto
Vo con libere mani:
Nè me stesso nè altrui allor lusingo
Che poetica luce al vero io cingo.   320

PER L'INCLITA NICE

Quando novelle a chiedere
Manda l'Inclita Nice
Del piè, che me costrignere
Suole al letto infelice,
Sento repente l'intimo   5
Petto agitarsi del bel nome al suon.

    Rapido il sangue fluttua

Ne le mie vene: invade
Acre calor le trepide
Fibre: m'arrosso: cade   10
La voce: ed al rispondere
Util pensiero in van cerco e sermon.

    Ride, cred'io, partendosi
Il messo. E allor soletto
Tutta vegg' io, con l'animo   15
Pien di novo diletto,
Tutta di lei la immagine
Dentro a la calda fantasìa venir.

    Ed ecco ed ecco sorgere
Le delicate forme   20
Sovra il bel fianco; e mobili
Scender con lucid'orme,
Che mal può la dovizia
Dell'ondeggiante al piè veste coprir.

    Ecco spiegarsi e l'omero   25
E le braccia orgogliose,
Cui di rugiada nudrono
Freschi ligustri e rose,
E il bruno sottilissimo
Crine, che sovra lor volando va: 30

    E quasi molle cumulo
Crescer di neve alpina
La man, che ne le floride
Dita lieve declina,
Cara de' baci invidia,   35
Che riverenza contener poi sa.

    Ben puoi ben puoi tu rigido
Di bel pudor costume,
Che vano ami dell'avide
Luci render l'acume,   40
Altre involar delizie,
Immenso intorno a lor volgendo vel:

    Ma non celar la grazia
Nè il vezzo, che circonda

Il volto affatto simile 45
A quel de la gioconda
Ebe, che nobil premio
Al magnanimo Alcide è data in ciel.

Nè il guardo, che dissimula
Quanto in altrui prevale; 50
E volto poi con subito
Impeto i cori assale,
Qual Parto sagittario,
Che più certi fuggendo i colpi ottien.

Nè i labbri or dolce tumidi 55
Or dolce in sè ristretti,
A cui gelosi temono
Gli Amori pargoletti
Non omai tutto a suggere
Doni Venere madre il suo bel sen: 60

I labbri, onde il sorridere
Gratissimo balena,
Onde l'eletto e nitido
Parlar, che l'alme affrena,
Cade, come di limpide 65
Acque lungo il pendìo lene rumor;

Seco portando e i fulgidi
Sensi ora lieti or gravi,
E i geniali studii
E i costumi soavi; 70
Onde salir può nobile
Chi ben d'ampia fortuna usa il favor.

Ahi, la vivace immagine
Tanto pareggia il vero,
Che, del piè leso immemore, 75
L'opra del mio pensiero
Seguir già tento; e l'aria
Con la delusa man cercando vo.

Sciocco vulgo a che mormori,
A che su per le infeste 80
Dita ridendo noveri

Quante volte il celeste
A visitare Ariete
Dopo il natal mio dì Febo tornò?

    A me disse il mio Genio   85
Allor ch'io nacqui: L'oro
Non fia che te solleciti,
Nè l'inane decoro
De' titoli, nè il perfido
Desìo di superare altri in poter.   90

    Ma di natura i liberi
Doni ed affetti, e il grato
De la beltà spettacolo
Te renderan beato
Te di vagare indocile   95
Per lungo di speranze arduo sentier.

    Inclita Nice. Il secolo,
Che di te s'orna e splende,
Arde già gli assi. L'ultimo
Lustro già tocca, e scende   100
Ad incontrar le tenebre,
Onde una volta pargoletto uscì:

    E già vicino ai limiti
Del tempo i piedi e l'ali
Provan tra lor le vergini   105
Ore, che a noi mortali
Già di guidar sospirano
Del secol, che matura il primo dì.

    Ei te vedrà nel nascere
Fresca e leggiadra ancora   110
Pur di recenti grazie
Gareggiar con l'aurora;
E di mirarti cupido
De' tuoi begli anni farà lento il vol.

    Ma io, forse già polvere,   115
Che senso altro non serba
Fuor che di te, giacendomi
Fra le pie zolle e l'erba,

Attenderò chi dicami
Vale passando, e ti sia lieve il suol.   120

    Deh alcun, che te nell'aureo
Cocchio trascorrer veggia
Su la via, che fra gli alberi
Suburbana verdeggia,
Faccia a me intorno l'aere   125
Modulato del tuo nome volar.

    Colpito allor da brivido
Religïoso il core,
Fermerà il passo; e attonito
Udrà del tuo cantore   130
Le commosse reliquie
Sotto la terra argute sibilar.

A SILVIA

Perchè al bel petto e all'omero
Con subita vicenda
Perchè, mia Silvia ingenua,
Togli l'Indica benda,

    Che intorno al petto e all'omero,   5
Anzi a la gola e al mento
Sorgea pur or, qual tumida
Vela nel mare al vento?

    Forse spirar di zefiro
Senti la tiepid'ora?   10
Ma nel giocondo ariete
Non venne il sole ancora.

    Ecco di neve insolita
Bianco l'ispido verno
Par che, sebben decrepito,   15
Voglia serbarsi eterno.

    M'inganno? O il docil animo
Già de' feminei riti
Cede al potente imperio:
E l'altre belle imiti?   20

Qual nome o il caso o il genio
Al novo culto impose,
Che sì dannosa copia
Svela di gigli e rose?

Che fia? Tu arrossi? E dubia,   25
Col guardo al suol dimesso,
Non so qual detto mormori
Mal da le labbra espresso?

Parla. Ma intesi. Oh barbaro!
Oh nato da le dure   30
Selci chiunque togliere
Da scellerata scure

Osò quel nome, infamia
Del secolo spietato;
E diè funesti augurii   35
Al femminile ornato;

E con le truci Eumenidi
Le care Grazie avvinse;
E di crudele immagine
La tua bellezza tinse!   40

Lascia, mia Silvia ingenua,
Lascia cotanto orrore
All'altre belle, stupide
E di mente e di core.

Ahi, da lontana origine,   45
Che occultamente noce,
Anco la molle giovane
Può divenir feroce.

Sai de le donne esimie,
Onde sì chiara ottenne   50
Gloria l'antico Tevere,
Silvia, sai tu che avvenne;

Poi che la spola e il Frigio
Ago e gli studj cari

Mal si recàro a tedio   55
E i pudibondi Lari;

    E con baldanza improvvida,
Contro a gli esempi primi,
Ad ammirar convennero
I saltatori e i mimi?   60

    Pria tolleraron facili
I nomi di Terèo
E de la maga Colchica
E del nefario Atrèo.

    Ambìto poi spettacolo   65
A i loro immoti cigli
Fur ne le orrende favole
I trucidati figli.

    Quindi, perversa l'indole,
E fatto il cor più fiero,   70
Dal finto duol, già sazie,
Corser sfrenate al vero.

    E là dove di Libia
Le belve in guerra oscena
Empièan d'urla e di fremito   75
E di sangue l'arena,

    Potè all'alte patrizie
Come a la plebe oscura
Giocoso dar solletico
La soffrente natura.   80

    Che più? Baccanti, e cupide
D'abbominando aspetto,
Sol dall'uman pericolo
Acuto ebber diletto:

    E da i gradi e da i circoli   85
Co' moti e con le voci,
Di già maschili, applausero
A i duellanti atroci:

Creando a sè delizia
E de le membra sparte,   90
E de gli estremi aneliti,
E del morir con arte.

Copri, mia Silvia ingenua,
Copri le luci; et odi
Come tutti passarono   95
Licenzïose i modi.

Il gladiator, terribile
Nel guardo e nel sembiante,
Spesso fra i chiusi talami
Fu ricercato amante.   100

Così, poi che da gli animi
Ogni pudor disciolse,
Vigor da la libidine
La crudeltà raccolse.

Indi a i veleni taciti   105
Si preparò la mano:
Indi le madri ardirono
Di concepire in vano.

Tal da lene principio
In fatali rovine   110
Cadde il valor la gloria
De le donne Latine.

Fuggì, mia Silvia ingenua,
Quel nome e quelle forme,
Che petulante indizio   115
Son di misfatto enorme.

Non obliar le origini
De la licenza antica.
Pensaci: e serba il titolo
D'umana e di pudica.   120

ALLA MUSA

Te il mercadante, che con ciglio asciutto
Fugge i figli e la moglie ovunque il chiama
Dura avarizia, nel remoto flutto,
                    Musa, non ama.

Nè quei, cui l'alma ambizïosa rode   5
Fulgida cura; onde salir più agogna;
E la molto fra il dì temuta frode
                    Torbido sogna.

Nè giovane, che pari a tauro irrompa
Ove a la cieca più Venere piace: 10
Nè donna, che d'amanti osi gran pompa
                    Spiegar procace.

Sai tu, vergine dea, chi la parola
Modulata da te gusta od imita;
Onde ingenuo piacer sgorga, e consola   15
                    L'umana vita?

Colui, cui diede il ciel placido senso
E puri affetti e semplice costume;
Che di sè pago e dell'avito censo
                    Più non presume.   20

Che spesso al faticoso ozio de' grandi
E all'urbano clamor s'invola, e vive
Ove spande natura influssi blandi
                    O in colli o in rive.

E in stuol d'amici numerato e casto,   25
Tra parco e delicato al desco asside;
E la splendida turba e il vano fasto
                    Lieto deride.

Che a i buoni, ovunque sia, dona favore;
E cerca il vero; e il bello ama innocente;   30
E passa l'età sua tranquilla, il core
                    Sano e la mente.

Dunque perchè quella sì grata un giorno
Del Giovin, cui diè nome il dio di Delo,
Cetra si tace; e le fa lenta intorno   35

Polvere velo?

Ben mi sovvien quando, modesto il ciglio,
Ei già scendendo a me giudice fea
Me de' suoi carmi: e a me chiedea consiglio:
           E lode avea.   40

Ma or non più. Chi sa? Simile a rosa
Tutta fresca e vermiglia al sol, che nasce,
Tutto forse di lui l'eletta Sposa
           L'animo pasce.

E di bellezza, di virtù, di raro   45
Amor, di grazie, di pudor natìo
L'occupa sì, ch'ei cede ogni già caro
           Studio all'oblìo.

Musa, mentr'ella il vago crine annoda
A lei t'appressa; e con vezzoso dito   50
A lei premi l'orecchio; e dille: e t'oda.
           Anco il marito.

Giovinetta crudel, perchè mi togli
Tutto il mio d'Adda, e di mie cure il pregio,
E la speme concetta, e i dolci orgogli   55
           D'alunno egregio?

Costui di me, de' genj miei si accese
Pria che di te. Codeste forme infanti
Erano ancor, quando vaghezza il prese
           De' nostri canti.   60

Ei t'era ignoto ancor quando a me piacque.
Io di mia man per l'ombra, e per la lieve
Aura de' lauri l'avviai ver l'acque,
           Che al par di neve

Bianche le spume, scaturir dall'alto   65
Fece Aganippe il bel destrier, che ha l'ale:
Onde chi beve io tra i celesti esalto
           E fo immortale.

Io con le nostre il volsi arti divine

Al decente, al gentile, al raro, al bello: 70
Fin che tu stessa gli apparisti al fine
                    Caro modello.

E, se nobil per lui fiamma fu desta
Nel tuo petto non conscio: e s'ei nodrìa
Nobil fiamma per te, sol opra è questa   75
                    Del cielo e mia.

Ecco già l'ale il nono mese or scioglie
Da che sua fosti, e già, deh ti sia salvo,
Te chiaramente in fra le madri accoglie
                    Il giovin alvo.   80

Lascia che a me solo un momento ei torni;
E novo entro al tuo cor sorgere affetto,
E novo sentirai da i versi adorni
                    Piover diletto.

Però ch'io stessa, il gomito posando   85
Di tua seggiola al dorso, a lui col suono
De la soave andrò tibia spirando
                    Facile tono.

Onde rapito, ei canterà che sposo
Già felice il rendesti, e amante amato;   90
E tosto il renderai dal grembo ascoso
                    Padre beato.

Scenderà in tanto dall'eterea mole
Giuno, che i preghi de le incinte ascolta.
E vergin io de la Memoria prole   95
                    Nel velo avvolta

Uscirò co' bei carmi; e andrò gentile
Dono a farne al Parini, Italo cigno,
Che a i buoni amico, alto disdegna il vile
                    Volgo maligno.   100